흙바닥
넉줄시

흙바닥
넉줄시

리북

■ 흙바닥 넉줄시를 펴내면서

(한줄) **동해에서 그분이 환하게 나타나시면**
　　　시를 짓는 일이 숙명으로 느껴질 때, 어느 날
　　　그만두고 싶어도 어둑한 구석에서 아픈 마음이
　　　시어와 연필을 들고 스멀스멀 나타납니다

(두줄) **서쪽 바다는 쉬지 않고 모시려고 손짓합니다**
　　　하느님에 대한 시를 쓴다는 일은 힘들고
　　　무척 어리석은 작업임을 잘 알기 때문에
　　　왕따당하는 하느님을 조심조심 그냥 뒤따라갑니다

(석줄) **남녘의 따뜻함이 위로 오르면**

이명과 청각의 고통이 기적으로 사라진다면

'령시를 감히 논한다'는 강좌를 열고 싶지만

한편으로 불가능한 일이여서 다행으로 여깁니다

(넉줄) **북쪽의 온 마을에 꽃들이 눈을 뜹니다**

서천의 노을을 색연필로 그리고 싶습니다

붉은색 위에 분홍이나 노랑을 길쯤하게 덧칠하여

편안한 언덕길로 그려, 조용히 넘어가고 싶습니다

2019년 7월

닐숨 박춘식

■ 차례

흙바닥 넉줄시를 펴내면서

흙바닥 넉줄시

2월 2일이 시춘始春인 듯이

빛살기도라는 말

핸들 묵주로 만든다면

삭발소에 갈까 이발소에 갈까

덧거리 글

흙바닥 넉줄시

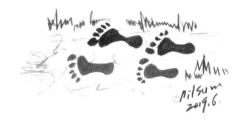

그대가 가장 잘 보이는 바닥에서
마음을 눌러 네 걸음만 걸으며
국경도 사경도 면허도 아랑곳없이
사랑과 감사를 임서臨書한다

길고 긴 인사

새해 햇살에 새 달력 걸고
달력 따라 달이 커지는 날짜들
두 달력 사이에 추욱 늘어진 신정 구정
길고 긴 두 달 동안의 새해 인사

전교조

프로테스탄트는 400여 년 전
로마의 주교 추기경들이 조각한 작품이고
우리나라 전교조는 목덜미 뻣뻣한 교장
교감들이 만들어 놓고 맨날 키워주고 있다

nilsum
2019.4

글자들이

글이 바르게 일어서면 길이 열리고
글자가 다른 글자와 하나 되면 생명의 싹이 돋는다
글이 빛 속에 들어가 녹으면 사랑으로 변하며
글자가 향기를 품으면 아름다운 시가 된다

하산 그리고 하심 下心

산을 오르지 못하는 물줄기는
항상 서둘러 하산한다
바닥까지 내려오면 거기서
하심과 머리를 맞대고 미소짓는다

하심
hilsum 2019. 4

한 가지 불만

개에게 살코기를 한 점 주면
냉큼 삼킨다 0.3초 만에
맛을 음미하는 기본 과정을
완전 생략하다니 원 세상에

여행 준비

이스라엘 성지순례 길 설레임
한 달 전부터 큰 가방을 펴 둔다
내의 장갑 약품 양말 등등 그런데
저승 가는 여행 가방은 어디서 구하나

nilsum
2019. 3

여권

국경國境을 지나려면 반드시
여권이 있어야 합니다 이어 그가 묻는다
사경死境을 넘어서려면
어떤 증명서를 가져야 하는지 아십니까

부활 십자가

고통 희생 복종 인내 외로움―천 년 흘러 천 년
수직 콧날과 근엄한 수평 입술을 내려놓고
이제는 죽음을 짓누르는 생명의 환한 빛줄기로
둥근 미소를 끝없이 둥그렇게 세우리니

부활십자가

nilsum
2019. 4

지금 여기 3

하느님께서
가장 좋아하시는 것은 생방송입니다
현장박치기의 원조이신 그분은
일순一瞬도 현장을 떠나지 않으십니다

겹 십자가

두 개의 십자가를 포개어보니
샘이 되어 물이 맑게 솟는다 그 소리가
반음 높아져 오선 위에 그려진다
시각이 거룩하게 청각이 고요하게 빛난다

십자가 지팡이

입춘 아침 현관에
못 보던 지팡이가 있어 짚고 일어선다
머리가 안 보이도록 숙인 T자 지팡이
겸손인 듯 말이 없다 그러고 보니 십자가이다

한평생

사람이 한세상 산다는 것은
온갖 상처로 하늘을 만지다가
끝판에 감사기도 바치는 일
그래서 '두 평생'은 없는 듯

이제 벗었구나

'죽었다'는 단어를 멀리 던지자
몸집에서 스스로 빠져나오는 영혼
날아오르는 죽음에게
'벗었구나' 말하며 두 손 모으자

미소 보약

'니 오늘 몇 번 웃었노'
병원마다 복도에
환하게 걸어 주고 싶은
속 아픈 속삭임이다

우상 기도가 있다면

손을 비비며 연거푸 올리는
저의 간절한 금붙이 기도,
이것이 곧바로
하느님의 뜻이 되게 하소서

시인의 십자가 hilsum
2019. 4

지랄도 발전한다

지나간 지랄병이 도졌는지
지붕에서 지랄하다 자빠진다
지랄병이 디비지는 그 날은
지팡이까지 육갑 지랄 떤다

칠순 아침

내 것 하나 안 보이는 일흔
감나무가 눈짓한다
'너의 몸통도 네 꺼 아니다'
차용증 수북한 잔칫상

매달 7일, 용서의 날

7일, 외나무다리를 양보하고
가만가만 풀어 감은 실타래로
벙어리장갑을 떠서
따스함을 선물하면 어떨까

마음 눈으로

오만 것 둘러보았으니, 이제
마음 눈으로 사랑을 만지면서
영혼의 눈빛과 함께
구만리 장천을 걷고 싶다

두 길 앞에서

신神을 버린 사람들이
이제, 회귀를 고민하리라
종교의 길로 되돌아갈까
자연 안으로 묵도할까

nilsum
2019.4

산티아고 순례길

많은 허물을 두 발로 치대는 길
무언 무심無心으로 걷는 길
아픔 속에 평화를 만나는 길
야곱의 하늘 사다리가 보이는 길

첫 모범들

첫 성시 발표는 마리아님의 찬 천주가
천고불후 작품을 만든 성녀 베로니카
신비신학자의 맏형은 사도 성 요한
하늘을 훔친 첫 도둑은 오른쪽 강도

천지인 수수께끼

하늘은 잠잠 내려오는데
땅이 욱욱 떠밀어 올린다
그 틈에서 고함치는 사람은
하늘 사람일까 땅 사람일까

시와 연필 그림

연필로 나무를 그리면
새가 찾아와 노래 부르고
아침 안개가 시를 지으면
마음이 하늘로 오릅니다

하늘을 껴안으면

너를 품에 넣으면 포옹이고
지구를 포용하면 군자 되겠지
근데 하느님을 껴안으면
보송보송─포근할 것 같아

사람은 흙이니까

흙은, 천지창조 때
사람이 되었으므로
지구가 불타는 날, 흙은
사람을 끝까지 품으리라

하느님의 그림

보이지 않는 그림은
하느님의 눈동자이며
감상하는 방법은
깊디깊은 겸묵謙黙입니다

nilsum
2019.4

베로니카 성녀

새붉은 십자가 길의 증인
메시아 영상을 전해준 여인
구원의 성혈로 만든 최초의
성스러운 판화 작가

오만+도도=일무 無

오만이 거만의 손을 잡으면
방자랑 찰떡궁합으로 지랄이 도진다
정치까가 교만하면 백성들이 울지만
성직자가 거만하면 하느님이 우신다

령시靈詩의 맛

글자 뒤에 숨어 있는
시인의 마음을 찾으면서
대자연 하늘 신비를
되새김질하는 일입니다

시인의기도
기도sum 2019. 5

속일 수 없는 하느님

가슴 속에
하느님의 귀가 있어
거짓 한 오라기도
덮을 수 없구나

개에게 묻는다

나는 너를 개로 보는데
너는 나를 사람으로 보는지
두 발 짐승으로 보는지, 그게
그렇데 궁금했던 어느 아침

교향곡 9번 합창

베토벤의 절벽 앞에서
음향의 창창한 숲 속
그 심연에서, 나는
하느님의 무극을 본다

niLum
2019. 3

빛살은 사랑입니다

빛살은 하느님의 색연필이며
하느님의 음악입니다
빛살은 하느님의 가락국수이며
하느님의 말씀이십니다

매일 아침에

족보를 펼치는 예수님을 모시고
나는 광야의 사자 소리를 듣는다
그런데 황소는 성경 읽으면서
독수리 눈으로 하늘을 날아간다

아무리 가난하여도

천막 지붕이라도 덮어야 한다
옷은 걸쳐야 하고, 찢어진
신발도 있어야 한다, 또 한사코
하느님을 마음 깊이 모셔야 한다

시간은 지나가는 것인가

줄곧 강물처럼 흐르는 시간을
일회용 소모품으로 버려도 되는가
너무나 두려운 시간은, 엄숙하게
한 겹 한 겹 마음에 쌓이는 것이다

아침 축복

감 이파리에 반사되어
바스스 날아오는
하느님의 아침 빛살은
축복의 멋진 눈짓이다

어느 날 가을의 기도

술기운에 젖는 감나무 그 아래
벌은 호박꽃에서 묵상한다
코스모스 율동을 보던 잠자리는
바지랑대에서 관상기도 중이다

'사람'에 대한 성찰

영혼 마음 몸, 세 방을
이어주는 마룻바닥이
한 뼘 넘게 벌어지면
하느님의 작품이 뿌아진다*

* '부서지다'의 경상남도 방언

자연은 명령하지 않는다

천둥과 벼락은 엄포가 아니고
구름 끼리 쪽쪽*하는 환호성이다
또 하느님의 헛기침 같지만, 실은
대자연 교향곡의 주제선율이다

* '쪽쪽'은 뽀뽀와 다른 딥 키스deep kiss를 표현한 말입니다.

시인의 부활 인사

이웃 종교의 금언金言을 빌려
일체유신조一切唯神造…
첫새벽마다 참마음이 일어설 때
해맑은 십자가로 거듭 부활하소서

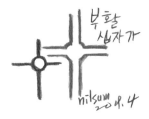

다른 행성의 혼魂에게

몸통 벗은 다음, 저승 문 안으로 들어섭니다
그때 다른 별에서 도착한 혼魂을 만날 경우
각가지 질문 문항을 지금 준비한다면
도와줄 분이 몇 분 계실지 마음이 들뜹니다

2월 2일이 시춘始春인 듯이

홍시 몇 개 매달려 붉거든
아이처럼 눈으로만 먹으렴
그 속엔 시춘始春도 하늘도 엄마도
저어 까칠한 노인의 아침기도도 익었으리니

2월 2일이 시춘始春인 듯이

긴긴 겨울의 끝이 보이는 성전에서
시메온의 감사와 찬미 기도는 봄을 알립니다

제 눈이 당신의 구원을 봅니다 '이 아기는'
다른 민족들에게는 계시의 빛이십니다*

주님 제단에 촛불 바치는 우리, 오늘 정성은
입춘대길을 잇는
시춘대은始春大恩입니다, 이날
마리아님께서 제물로 바친 두 마리 흰 비둘기는
예루살렘 하늘 높이 세 번 선회한 다음
지금
한반도를 향하여 날아오고 있습니다

* 루카 복음서 2:30.32

왕따당하신 하느님

? 노인은 뭐하기에 꺼칠꺼칠하오
—어쩌다 시에 미쳐서…
? 어떤 시를 짓는데요
—하느님에 대한 시를 쓰느라고…
? 허억, 왕따당하는 하느님을 시로 위로하나요
—그래서 오늘도 하느님을 찾아 뵈오려고…

저어 꺼칠한 노인은 곱빼기 밥이요,
라고 봉사자에게 고함칩니다

경로잔치 마당을 두루 살펴보니
손가락으로 동그라미 그리며 안내하는 아저씨에게
하느님은 등을 어루만지며 빙긋빙긋 웃으십니다
휘휘 젓는 국자로 건더기를 올리는 아줌마 뒤에서
하느님은 수호천사와 손뼉 맞장구를 치신 다음
두 팔로 아줌마를 고이 안아 주십니다
그분 눈동자에 한 방울 사랑이
하얗게 반짝거립니다

5월 31일, 축일의 기도

나귀를 타신 마리아님이—큰 나무 언덕의 샛길—엘리사벳 집으로—하느님께 찬미 감사 함께 바치려고 갑니다—모세는 바다 밑 길을 건넜지만—구약을 마무리하는 메시아는 물 위를 걷고—구름을 딛고 하늘을 오르시리라 상상합니다—그리고 구원의 백성들을—불기둥 대신 별빛 기둥으로—평화 안에서 이끌어 주시리라 믿습니다—마리아님의 감사 기도를 들으며—나귀 역시 묵상기도로 어정어정 갑니다—

오월 마지막 날
복되신 동정 마리아님의 방문 축일,
구원과 평화의 구세주를 모시고 시편을 노래하시면서
마리아님은 엘리사벳에게 갑니다

오월 마지막 날
복되신 동정 마리아님의 방문 축일,
저희도 덩달아 평화의 어머니를 모시고
남에서 북쪽으로, 북에서 남쪽으로 걷고 싶습니다
철조망을 풀어 밀치며
오가는 길섶에 꽃씨를 항금 뿌리고 싶습니다

어린이날 이른 저녁에

다섯 살배기 어린이가 하느님과 저녁을 먹고
별들이 총총 나타나는 하늘을 봅니다
―별들이 너무 멀어
그 말을 듣고 하느님께서 손가락 하나를 길게 뽑더니
은하수를 가까이 끌어당깁니다
엄청 놀라고 무지무지 기뻐
폴짝폴짝 엄마에게 자랑하고
폴짝폴짝 강아지를 흔들어줍니다

어린이는 침대로 올라가며 하느님께 부탁합니다
기다란 손가락 하나를 손에 붙여 달라고 합니다
? 뭐 하려고 그러니
―하느님을 꽁꽁 감아, 도망 못 가게 할 거야
그러면서 이내 잠드는 어린이 옆에
하느님은 해돋이까지
맑고 자그만 그 어린이 손을 잡아 주십니다

애벌레의 연두색 꿈

―저승 대문에 들어서니까―저를 아는 분은―'야고보가 드디어 왔구나'―저를 모르는 분은 '애벌레 한 마리가 또 올라왔구나'―하시며 큰 죄인을 반갑게 맞아줍니다―저는 '이승의 사람은 벌갱이'라고 늘 생각했기 때문에―마중 나온 분들을 살펴보니까―보일 듯 말 듯―하얀빛 날개로 미끄러지듯 다닙니다―

―하늘 한구석에서―어둠을 씻으며―'이왕이면 연두색 날개라면 좋겠는데'―중얼거리니까―어느새 제 앞에 자줏빛 날개를 들고 있는 천사가―빙긋 웃습니다―이승을 벗어나서도 이승처럼 '욕심'을 쥐고 있었구나―하며 너무 부끄러워―난로 위 오징어처럼―몸이 돌돌 말리고―한숨을 푸 내쉬는데―따르릉 탁상시계가 저를 쿡쿡 쑤셔 댑니다―

뒤 뜰 감나무에 남겨둔 예닐곱 홍시를 보며
저승을 생각하기 전에 이승의 작은 열매라도
몇 개 만들어 두는 일이 좋겠다는 생각을 합니다
홍시 같은 령시靈詩 몇 편이라도 남기면 어떨까요
늦가을 새큼한 바람에게 여쭈어봅니다

나이라는 날개

쉰이라는 날개는
쇠재두루미처럼 히말라야를 굽어봅니다
문득 찾아온 예순에는 백로 날개로 가다가 잠시
나뭇가지에서 심호흡을 길게 잡아당깁니다
이럭저럭, 고희를 만나던 날 오후
낯설지 않은 타조가 여유로운 기품을 보여줍니다

근데, 팔순 잔치 해거름에
하느님께서 펭귄 손을 잡고 뒤뚱거리며 오시어
'지금 니 머하노' 애잔하게 보시더니
어린애처럼 하루에 천 번 만 번 합장하면
하늘 날개를 환하게 붙여주겠다고 하십니다

사도신경을 목에 걸고

어머니하느님께서
사랑 빛살로 삼라만상을 만드신 다음
아담을 흙먼지로 우아하게 빚으셨는데, 그만
큰 사달로 망가져서 아드님을 내려보내십니다
구원의 별빛으로 오신 아드님께서는
사람을 리콜recall하여 피눈물로 씻어주십니다
연이어 성령님은 사도신경을 교과서로 주시면서
불꽃 혀로 사람의 마음을 뜨겁게 데우십니다

사도신경을 목에 걸고
회심의 잿가루를 머리꼭지로 받는, 수요일 아침
어머니하느님께서는 사람에게
사도신경으로 믿음의 층층대를 하늘까지 쌓아 올리고
사도신경을 횃불처럼 치켜들어 오라고 하십니다

조 말셀라 수녀를 생각하면서

주님, 제 온 몸에 눈물이 돕니다*

악성종양과 가위바위보 하다가
사랑과 믿음의 아픈 시집詩集을 남기고
하늘로 숨결을 돌려드린 조 말셀라 수녀 생각으로

주님, 제 온 몸에 눈물이 돕니다

지난해 이맘때도 십자가를 껴안고 걸었습니다
피땀으로 젖은 나무둥치의 고통으로
올해도 언덕길이 힘들다고 멈칫거리는데

주님, 제 온 몸에 눈물이 돕니다

아이 앞에서는 환하게 웃어야 하는 엄마이지만
눈물 가난과 겹치는 갑질 소리에 짓눌려
맨바닥 가슴으로 기도를 하다 말다 서성거리니까

주님, 제 온 몸에 눈물이 돕니다

하늘에도 땅에도 은총 넘치는 사순 시기인데도
더 높은 의자를 찾거나 크게 돈 되는 일에
마음이 끌리면서 속 깊은 성찰은 숨어있습니다

주님, 제 온 몸에 눈물이 돕니다

* 조 말셀라(1960. 9~2013. 3) 수녀 : 시집 『제비꽃 기다림』의 95쪽
  '프랑스를 떠나며'의 4연 시구詩句입니다.

마흔 가지 질문

허연 수염발의 시골 사제가
사순절은, 스스로가 스스로에게
마흔 가지 질문을 만들고
마흔 가지 대답을 하는 기간이라고 풀이합니다
마흔 가지 질문을 사십일 동안 만들어도 좋으니
꼭 스스로 적어보라고 말합니다

엄마 엄마,
왜 시계 바늘은 항상 같은 자리에 뱅뱅 돌아가나요
이렇게 물어보던 아이를 생각하며 적습니다
? 하느님께서는 넘치는 사랑으로 오늘은 무얼 하세요
? 화날 때 분풀이 소주를 어떻게 참아야 하나요

주님께서 이렇게 말씀하신다
"갈림길에 서서 살펴보고 옛길을 물어보아라.
좋은 길이 어디냐고 물어, 너희 영혼이 쉴 곳을 찾아라"

(예레미야서 6:16)

이어 달리는 부활

월요일—
암흑의 사람들에게 생명이 다가오고
어둠으로 사는 백성들이 큰 빛을 봅니다

화요일—
그들은 하느님을 찬송하고
불길 한가운데를 거닐며 주님을 찬미합니다

수요일—
그들은 지팡이를 보다가 하늘을 올려보며
홍해를 마른 땅처럼 걷고 춤추듯 뛰어갑니다

목요일—
바위가 쪼개지면서 물이 솟구치고
그들의 사막에는 냇물이 흐르고 있습니다

금요일—
밤이 물러가고 낮이 밝으니, 새 사람들은
어둠을 벗어 던지고 빛의 갑옷을 입습니다

토요일—
한때 암흑이었지만, 지금은 주님 안에서
사람들이 빛의 자녀답게 기쁨으로 살아갑니다

안식일이 지나고 주간 첫날—
매우 이른 아침에 큰 지진이 일어납니다
흰옷 천사가 주님의 부활을 가쁘게 알리자
제자들이 맨발로 내달리며 먼지를 일으킵니다

평화를 말하는 이력서

장독대에서 팔을 곱게 굽혀 기도하는
묵언의 잠자리는, 저에게 평화를 보여줍니다

뭐가 그리 신나는지 마냥 조잘거리는
직박구리 부리에서, 저는 평화를 듣습니다

강아지가 벌렁 누워 잔디에 등짝을 비비대며
발버둥칠 때, 저는 춤추는 평화를 생각합니다

딸그락거리는 책가방으로 엄마에게 뛰어가는
어린이를 보며, 저는 뜨거운 평화를 느낍니다

시골길 성당 종탑의 커다란 별 그리고 저는
'하늘에는 영광, 땅에는 평화' 글자를 보며
저 유명한 평화의 기도를 소리 내어 바칩니다

UBI ES?(너 어디 있느냐?)*

하느님이 에덴동산에서 아담을 찾으며
"너 어디 있느냐?" 하셨는데 (창세기 3:9)
아담에게 처음으로 던진 이 질문을 요즘은
때도 곳도 없이 저에게 줄곧 하시며
도망갈 겨를도 없이 연거푸 던지십니다

—숨어 있다가 부끄러워 뒤에 숨이고 있습니다
—죄 많은 저를 부르지 마세요
—지금 도망치고 있습니다 끄윽
—저 같은 죄인을 왜 찾으시나요
—맥이 다 빠져 십 년 내내 엎어져 있습니다

나는 의인이 아니라 죄인을 부르러 왔다 (마태오복음 9:13)
하시면서 금세 묻고 또 찾으십니다
잘못을 따지며 야단치려는 의도가 아니겠지만
그분 목소리에서 사랑의 향기가 엿보이는 날은,
그 날은, 눈물 훔치며 두 손이 번쩍 올려집니다

* UBI ES? : 너 어디 있느냐? (라틴어 발음 : 우비 에스?)

빛살기도라는 말

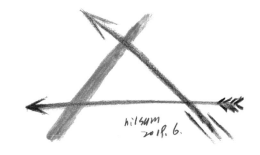

민습니다 정녕
피눈물의 하느님을
가을 이파리 마음을
내게 기적이 일어나는 이유를

구약의 신비 1단

하느님께서
사랑 빛살로 우주 만물을
놀랍게 창조하심을
믿습니다

구약의 신비 2단

하느님께서
사람을 하느님 모습으로
신비롭게 만드심을
믿습니다

구약의 신비 3단

하느님께서
사람을 죄에서
구원하시려는 끝없는 자비를
믿습니다

구약의 신비 4단

하느님께서
모세의 지팡이로
파스카를 신나게 이끄심을
믿습니다

구약의 신비 5단

하느님께서
예언자들 입으로
구세주를 예고 예비하심을
믿습니다

낙엽 전시회

구르몽은 소리로 낙엽을 느끼지만
늦가을
저는 여러 색깔 이파리를 만져봅니다

짙푸른 하늘
먼 산 능선의 편안함
땅을 수놓은 이파리들의 색색

누드 페인팅이 아무리 아름다워도
이파리의 가을 전시회만큼 될까요
하느님, 틀린 말 아니지요

벌써 크리스마스라니요

널찍한 8차선에는 사슴들이 달립니다
외양간을 장식한 사람들은 지금
호텔에서 고요를 두드리며 흐물거립니다
새해 달력의 아가씨가 생긋
큰 젖가슴을 뽀얗게 보여줍니다
사막의 별은 미세 먼지들이 말아먹고
사람의 별은 우락부락합니다

무릎 굽히는 운동도 못 했는데
드릴 선물도 준비 안 되었는데
주님,
벌써 크리스마스라니요

Nihil Novum Sub Sole(태양 아래 새로운 것은 없다)*

늘 그 시간에 해가 솟습니다
늘 그 자리에서 밥을 먹습니다
늘 그 길로 출근합니다
코헬렛 1장 9절 말씀과 같습니다
'있던 것은 다시 있을 것이고
이루어진 것은 다시 이루어질 것이니
태양 아래 새로운 것이란 없다'

새해, 마당귀 코스모스는 우중충 떨고 있습니다
흙은 왜 코스모스를 놓아주지 않는지
잠시 보고 한참 생각합니다
'내가 키웠으니 내게 돌아와야지' 말하는 흙바닥은
얼어 죽은 뿌리를 지금까지 꾸욱 움켜잡고 있습니다

새롭지 않았던 흙이 새롭게 보이는
새해 첫날 아침입니다

* Nihil Novum Sub Sole : 태양 아래 새로운 것은 없다.
  (라틴어 발음 : 니힐 노붐 숩 솔레)

피눈물의 하느님

악덕 거부巨富가 니체를 찾아가
신神의 주검을 매입합니다, 그리고
백금 침대 위에 번쩍 눕혀 재력을 과시한 다음
황금만능을 우람하게 팔방으로 고합니다

얼마나 자질구레 해부하면서
조각조각 나누어 팔았는지
구경하던 악마가 끅끅 놀라 나자빠집니다
억 억 만능칩을 전자기기마다 붙이면서
사람들은, 신神을 오로지 돈벌이로
오만 전자제품의 첨단 기능으로 활용합니다
찢어지면서도 사람을 버리지 않는
신神은, 피눈물로 사람을 보살피고 계십니다

그러니까 디지도록

? 왜 저는 맨날 같은 자리입니까
? 작은 거라도 원하는 대로 되어야지요
? 저에게는 왜 기적이 나타나지 않습니까

묵묵무언의 산수傘壽께서 두루마리를 주며
벽에 걸어 아침 읽고, 저녁에도 보라고 하셨는데
──원하는 대로 안 되면 매우 정상正常이다
──원하는 대로 되는 경우 그것은 기적이다
──원하는 것보다 더 얻으려면 디져야 하느니라

그러니까 기도를 디지도록 바치란 뜻인지
새해 덕담에 화들짝, 두루마리를 꾹 쥐고
땅바닥 보다가 머리를 하늘로 무겁게 듭니다

기도하라는 로봇

머지않아—명동성당 입구 신앙 로봇 전시—기도 로봇이
가득하다—할머니 엄마 강아지 천사 비둘기 교종 수녀
신부 주교 등등—만만한 강아지를 안고 오는데—아침기
도는 일어나기 전부터 시작해야 하고—하루 빛살기도는
3000번 이상 바쳐야지—내내 잔소리—집에 도착—거실
에 들어서자—벽의 십자고상을 조금 더 높이고—잔소리
가 많아 옷장 안에 가두니까—본당 신부에게 일러준다며
고함친다—어떻게 일러주느냐고 하니—자기 머리 안에
는 신부 주교 수녀 이름 성격 친구 전화 취미 자동차 번
호 등등 저장되어 있다고 한다—두 팔 번쩍 들어—항복
이라 하니—하느님께서 내려보고 계시는데 항복이라는
말을 하면 안 된다고 한다—

스위치를 끄고 구석으로 밀치며, 후유 하니까
신앙에는 스위치가 없다고 종알종알 앞으로 걸어온다
기도 로봇 제조 규정을 새로 만들어야지 중얼거리니까
신부 주교가 만든 것을 함부로 고치면 안 된다고 한다
그리고 강아지가 큰 소리로 기도한다
주님, 이 교우를 용서해 주십시오.
자기가 무슨 말을 하는지 모릅니다
아이고 골치야, 머리를 흔드니까
강아지가 미리 알고 놀랍게 두통약을 들고 있다

빛살기도라는 말

세태世態가 레이저같이 급급하니까
시인은 우뇌 좌뇌를 주먹손으로 두드립니다
우선 '빛살기도'라는 단어를 머리에 넣고
그 위에 '화살기도'를 대선배로 고이 모십니다

섬광기도―레이저기도―번쩍기도―순간기도―탄알기도
―뻥기도―휘익기도―빛살기도―광속기도―찰라기도―
번개기도―눈깜짝기도―깜짝기도―삽시기도―일순기도
―순식간기도―빛기도―퍼뜩기도―잠깐기도―후딱기도
―불똥기도―깜빡기도―후다닥기도―지딱지딱기도―음
속기도―초음속기도―곧장기도―단숨기도―촌음기도―
촌각기도―반짝기도―금방기도―금세기도―일각기도―
경각기도―

미국 생활 좀 했다면서
황색등을 '댕큐 맘!'으로 질주하는 분이
성모님에게 빛살기도 올렸다며 자랑합니다
그때 제가 "성모님께서 '오케이'하셨다"고 말할까 말까
머뭇대며 입술에 침만 축이고 엄지척을 올렸습니다
엄지발가락으로 밟은 페달 그리고
탱탱한 엄지손톱의 핸들까지
그때 그분 목이 아주 굵게 보였습니다

송치문 공소회장[※]

박해 끝나고 몇 년 후—산골 어느 공소의 냉담교우가 사경을 헤맵니다—공소의 송치문 회장이 황급히 달려와 기도하며 걱정—사십 리 되는 성당에 병자성사 청하는 시간이 서너 시간—어떡하나—고해성사, 아이고 신부님, 고해—헉헉 애원하는 처절한 모습—다급 초조—예수 마리아 요셉—어떡하나—그 순간 성모님과 요셉 성인께서 암시하셨는지—송회장은 환자에게—자네가 지은 죄를 나에게 다 말해주면—장례 마치고 곧바로 성당 가서—자네 죄를 신부님에게 내가 대신 고백할 터이니—하느님께 맹세코 절대 비밀 지키겠네—그러자—그 교우가 밝은 얼굴로 끅끅, 20년 동안 지은 죄를 다 고백하고는—휴우—숨을 내쉬며 평온하게 눈을 감습니다

그 순간 방문을, 탕탕, 발로 차는 악마가
소름 돋는 고함을 칩니다
!! 송치문 이 죽일 놈, 내가 저놈을 지옥에 데려가려고
!! 꼭 20년 동안 공들여 놓은 것을, 이놈, 네가 빼앗아가다니
마당에 있던 사람들도 덜덜 무섭도록 고함치며 도망갑니다
악마는 뒷산을 넘어가며 뼈를 찢는 괴성으로
이를 부드득 갑니다
!! 송치문 이놈, 송—치—문—이—놈,.,
때—려—죽—일—놈,.,

장례 다음날 성당에 간 송회장—고해소에서 사연을 다 말하고 냉담 교우의 죄를 낱낱이 고백합니다—고해신부도 긴장된 목소리로 사죄경을 외운 다음—회장에게 단단히 일러줍니다—그분의 죄는 죽을 때까지 비밀 지켜야 한다고—두 번 세 번 다짐받습니다—신부님, 천주님에게 비밀 맹세를 열 번 스무 번 드렸습니다—송회장은 울컥 치밀어 오르는 천주님의 은총을—뜨겁게 삼키고 또 삼킵니다—성모님, 꺼억—요셉성인님, 감사합니다 꺼억 꺼억,,,

* 실제로 이런 일이 있었다고 집 어르신들이 들려준 이야기입니다.

핸들 묵주로 만든다면

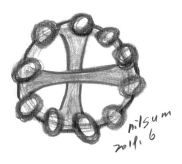

기도의 시작은 부르는 일
두 손을 펴고 눈을 감을 수밖에 없는 일
매일 부활하고 영영 찬미하고
번쩍 끌어올릴 빛살을 기다리는 시간

묵주 피정 1박 2일

묵주 피정 때
묵주기도를 밥상차림으로 말하는 어느 할머니

1단은 현미 잡곡으로 지은 밥
2단은 따끈한 산나물 국
3단은 된장과 절기 냄새나는 찌개
4단은 김치 그리고 맛깔스러운 반찬들
5단은 쌀뜨물 숭늉

묵주기도는 매일 성모님에게 올리는 밥상입니다
묵주기도 안 바치는 날은, 빈 밥상으로
온종일 성모님을 쫄쫄 굶기는 무서운 날이 됩니다
나중에 천당 가서
무슨 낯짝으로 성모님 만나려고 하는지 도무지
도대체…

아이고 우야꼬, 그다음 말이 머더라…

5월 달력을 올리면서

? 엄마 엄마, 왜 하느님은 안 보여요
—하느님은 너무너무 크신 분이셔서 그렇단다

? 엄마 엄마, 미루나무는 왜 하늘만 보고 있어요
—하느님을 너무 좋아하기 때문이란다

5월 달력을 올리면서 엄마는,
하늘 엄마에게 뜨겁게 호소합니다

! 철없는 제 아이가, 가끔은
! 저를, 하느님의 손가락으로 여기도록 도와주세요
! 하늘 엄마야, 하늘 엄마야,

어느 사제의 강론

묵주알이 한 단에 왜 열 개인지
일곱 개이면 좋을 텐데
온종일 생각했습니다

열 손가락으로 먹이를 찾고 집을 짓고
열 손가락으로 사랑을 베풀고
열 손가락으로 하느님 손을 꼬옥 잡으라고
어제 열무김치를 먹다가 알았습니다
그러니까 또 장단을 맞추느라고
묵주기도성월이 10월이지요

강론 마치자 열 손가락이 손뼉을 치며
성모님께 열렬한 찬미를 드립니다

하늘의 점묘點描 전시장

천사가 오더니 하늘나라로 인도합니다
하늘 공원의 점묘 작품 전시장에서
신비스러운 그림들을 감상합니다
온몸 벌겋게 달구는 감동적인 그림을
아주 가까이서 눈여겨 살펴봅니다
점 점 점 그리고 구슬 점 점 점
예쁜 점을 십만 개 또 백만 개 붙인 작품입니다
천사의 설명에 기절하여 쭈욱
미끄러지면서 번뜻 눈을 떴습니다
천사 말씀이 또록또록 침대맡에서 들립니다

묵주기도 할 때마다 손가락으로 넘기는
구슬 구슬이 곧바로 하늘로 올라와
점 점 점으로 빛나는 그림이 되고 있어요

령시인의 아침기도

새 아침을 주시는 하느님
오늘 하느님을 몇 번 불러야 합니까
간간이, 어쩌면 더 많이
어머니 마리아 님도 부르고 싶은데
얼마나 많이 찾아야 하는지 살짝 일러 주세요
기도의 시작은 부르는 일이라고
어느 분이 가르쳐주어서 여쭈어봅니다
세수하기 전에 꼭 일러 주세요

주님,
저는 온종일 당신을 부르며
당신께 저의 두 손을 펴 듭니다 (시편 88:10)

하늘나라 공항에서

철새가 다니는 길 위에 비행기의 하늘길
그보다 드높이 날아가는 사람들이 있습니다

손 높이 기도하는 우리는 십자가에 탑승하여
골고타 언덕배기 활주로에서 이륙합니다
강산의 강이 민둥산으로 변하고
강산의 산이 썩은 강물로 흐르는 동안
갖가지 스탬프로 더러워진 여권을 만지며 기도합니다
'주님, 저의 모든 죄악에서 저를 구하여 주소서.' (시편 39:9)

천사가 하늘나라 공항 착륙을 말하는 순간
하늘 활주로 건너편에 자비의 행렬이 보입니다
참회 감사 용서 구은, 울컥 목멘 소리로
골고타 위에 계시는 예수님께 용서를 빕니다

예수님께서 이르셨다 "내가 진실로 너에게 말한다.
너는 오늘 나와 함께 낙원에 있을 것이다." (루카 복음서 23:43)

고속도로 그 휴게소

새해에는 하느님을 연거푸 부른다면서
고속도로를 바람처럼 달립니다
하느님을 잇달아 부르며 휴게소 들립니다

하느님, 하느님 ,,,
점심을 뭐로 먹을까요 그러다가
두리번거리며 커다란 차림표를 올려봅니다
'딩동 딩동'
하느님을 잊은 채 국수를 젓가락으로 집어 올리는데
'딩동 딩동' 연신 들리는 '딩동'이
원 세상에, 어찌하려고 시방은
하느님께서 저를 찾는 제 이름으로 들립니다
'국수 먹으면서도 나를 불러야지, 딩동 딩동'

저는 하느님을 잠시 잊고 후루룩 쩝쩝대는데
하느님께서는 저를 '딩동 딩동'으로 부르신 그날
그 고속도로 그 휴게소 식당에
또 가고 싶은 마음이 뜬금없이 일어납니다

저의 사망 소식을 들으시면

마지막 목욕 후 연기로 오르기 전에
죄 많은 그를 용서하소서, 하느님.
이 기도를 꼭 세 번 바쳐 주시기를

죽어 사라지는 것처럼 여기지 말고
지구 자궁을 벗어나니 참 좋구나, 하며
목을 길게 펴는 백로처럼 우아하게
나르고 있다고 생각하시기를

지구의 새들은 바람으로 날지만
이곳 영들은 하느님 빛살을 타고 다니는데
설명이 힘드니까, 눈감고 상상해 보시기를

천사가 저를 안내하려고 옵니다
하느님께 자비를 청하는 애절한 두려움,
이승에서 범한 그의 모든 죄를 용서하소서
또 세 번 기도 올려 주시기를
한껏 세운 발꿈치로 기다릴게요

하늘 지우개를 받아

노령老齡에 가장 즐거운 것은
무엇이든 배우는 일이라는 말을 듣고
저의 발길이 보타니컬 아트에게 갑니다
꽃을 그리다가 제멋대로 나가는 연필을 들고
두리번거리니까 젊은 선배가 지우개를 줍니다
고맙다며 받는 순간, 하느님의 지우개로 느껴
엇나간 그림을 지우기 전에 기도합니다

'하느님, 당신의 크신 자비에 따라
저의 죄악을 지워 주소서.' (시편 51:3)

머지않아 몸통 벗고 4차원서 오리엔테이션 받을 때
하늘 지우개를 받아, 이승의 온갖 허물을
말끔 지울 수 있다면 얼마나 좋을까, 상상하며
오늘은 지우개 먼저 놓고 그다음 연필을 듭니다

왕골 상자의 모세는

그런데 모세라는 사람은 매우 겸손하였다
땅 위에 사는 어떤 사람보다도 겸손하였다 (민수기 12장 3절)

성경을 심독心讀하면서 겸손이란 두 단어에 밑줄을 긋습니다
! 어라 어라, 이게 먼 짓이람
밑줄 두 가닥이 꼬물꼬물 기어가더니 한 줄로 이어져 사라집니다
잠시 후, 책갈피 어디서 찾았는지
나일강변 갈대 사이의 왕골 상자 그림을 가져옵니다

? 이건, 다 아는 이야기인데 웬일로
왕골 상자를 보고 다시 보면서 손뼉을 칩니다
물 → 겸손 → 모세 ← 겸손 ← 물

—모세는 진정 내리흐르는 골물처럼 매우 겸손하였습니다.
—바다 밑 가운데로 마른 땅을 걸을 때는 너무 겸손하였습니다
—광야에게 산에게 나무에게 강에게 항상 겸손하였습니다
—모세의 지팡이는 물을 만나면 물렁물렁한 떡가래로 변했습니다
위의 넉 줄은,
민수기 12장 3절에 대한 '명시인의 성경 주석'입니다

창조로 이어지는 부활

순간순간 치 넘치는 사랑을
잠시라도 멈추지 못 하는 일은
숨길 수 없는 하느님의 기이한 흠입니다

사랑은 곧 생명이고
치 넘치는 사랑은 새로운 부활입니다
그러니까, 주님을 따르는 우리는 매일
창조로 이어지는 부활을 만나게 됩니다

주간 첫날이 밝아 올 무렵
마리아 막달레나와 함께 느끼는 진동이
나무를 흔들고 큰 돌을 굴리니까 무덤에서
'알렐루야'가 뛰쳐나와 팔방으로 달려갑니다

나날이 (부활이신) 당신을 찬미하고
영영세세 당신 이름을 찬양합니다. (시편 145:2)

기어올랐던 시나이 산

오른쪽 팔뚝을 한 뼘 앞으로 밀고
왼쪽 정강이를 당겨 올렸습니다
이어 왼쪽 팔꿈치를 으윽 들고
오른쪽 무릎을 끌어 바위 위에 놓았습니다
십여 년 전, 시나이산 정상 20m 아래
엎드린 저의 모습이었습니다

'시나이 산은 종교 1번지'임을 동의하며*
저의 신앙 기점을 확인하는 순간이었습니다
태양이 하느님의 눈빛으로 솟을 때
억센 바위들과 자갈 모래언덕이 납작 엎드려
울부짖는 소리를 보고 들었습니다

제 마음이 속에서 뒤틀리고
죽음의 공포가 제 위로 떨어집니다 (시편 55:5)
그럴 때마다
시나이 산은 저를 번쩍 끌어당깁니다

* 차동엽 신부의 신앙강좌에서 들은 내용

보이지 않는 기적

프랑스 북쪽에서
한 청년이 가시나에게 걷어차여 자살을 결심합니다
어디서 죽을까, 어떻게 죽을까
이왕이면 루르드에서 죽으면
지옥은 면하겠지, 하며 루르드 성지에 옵니다

—대성당 옆 가파른 산—100년 넘은 큰 나무—동굴 아래
시냇물—죽을 장소를 살피는데—수백 명 휠체어가 기도
하며—동굴을 향하는 모습을 보고—끄윽 끄윽—난 죽으
려고 왔는데—여기 늙은이들은 살기 위해 왔구나—멍하
니 보다가—할머니 한 분이 손짓하기에—가까이 가니—
어디 아파서 왔는지 묻습니다—차마 가시나 때문에 자살
한다는 말은 못 하고—머뭇거리니까—하얀 미소로 하얀
묵주를 줍니다—그래, 착한 일 몇 가지 더하고 죽자, 생
각합니다—

며칠 후, 그 가시나를 멀리 내던지면서
루르드를 떠납니다
묵주를 매만지며 남쪽으로 갑니다

* 루르드 성지에 갔을 때 안내하는 수녀의 이야기를 듣고 이 글을 적습
  니다. 순례단 뒤에 멀리 서서 듣노라고 상세한 내용은 기억 못 하고,
  자살하려 왔다는 말은 들었습니다. 자살하려고 오는 사람이 더러 있
  지만, 싱싱한 은혜를 가득 받는 일이 아주 많다고 합니다.

핸들 묵주를 만든다면

묵주기도만큼 사랑받는 기도가
또 있을까, 마음이 기쁨으로 가득합니다
묵주만큼 여러 형태로 변모하는 것이
또 있을까, 빙긋이 웃습니다
묵주기도만큼 기도문도 곱게 변신하는 것도
또 있을까, 넉넉함을 느낍니다

성모님의 칠고 칠락 묵주가 있다고 하니
공식기도이든 개인기도이든
마음이 푸짐해집니다, 이참에
핸들 묵주를 만들면 어떨까 생각해보는데
이미 지구 어느 구석에서
어느 분이 핸들 묵주를 만들어
운전하며 묵주기도 하리라 추측됩니다

무릇 묵주를 만들어
걷기 운동하는 분도 있으리라는 상상으로
오늘 기도를 위해 묵주를 듭니다

삭발소에 갈까 이발소에 갈까

두리번거릴 일 없다 십자 깃발은
그때와 그곳엔 없다
지금 이곳에 흘러넘치는
기도와 사랑이 있을 뿐

하느님을 만나는 일

버벅거리는 마음을 다듬어 보려고
하느님 안에서
하느님을 만나는 분을 뵈오러 나섭니다

살피고 찾다가 상큼한 바람이 스칠 때
하느님 안에서, 하느님을 만나,
그분의 가칠가칠한 손을 비비며 아파하는
성자聖者의 모습을 보고 몸 숙여 인사 올립니다
그날은
모든 단어가 물밑에 잠긴 호수 가장자리에서
나직한 나무의 미소를 보리라는 기대를 가집니다

"여러분의 시인 가운데 몇 사람이
'우리도 그분의 자녀다.' 하고 말하였듯이,
우리는 그분 안에서 살고 움직이며 존재합니다."
(사도행전 17:28)

은총의 폭포인 순교 성지

하느님의 은총은 물결처럼
어느때나 어디에나 내리흐릅니다

내리흐르는 물결은 가끔 뚝 끊어집니다
갑자기 가야 할 길이 안 보입니다
그때, 잠시도 당황하지 않고
물결은 그냥 곤두박질로 뛰어내립니다
사람들은 우와 폭포다, 라고 큰 소리로
환호하고 놀라워하고 사진 찍고
결국에는 이름까지 붙여 다시 또 찾아옵니다

가끔 우리는 폭포 은총의 순교성지를 찾아갑니다
물안개 날개로 하늘 높이 올라간 순교자들에게
찬미 노래를 합창하면, 순교성지는 곧
폭포 소에서 치솟는 은총의 수직 무지개임을 느낍니다

반세기 후 주일미사는

2070년 6월 첫 수요일 아침
신앙심이 깊은 서울의 한 어머니가
고등학생 딸아이에게 일정을 묻습니다

―친구랑 학교에서 수업 자료를 받고 바로
―지리산 중턱 엠마오 집에 가서 주일미사 할 거야
―그리고 대전 들러서 최근 아프리카에서 수입한
―식용 곤충들을 골고루 맛보고 싶어요

? 미사를 왜 거기 가니
―사제 강론이 쪼금 겸손할 것 같아요
? 듣지도 보지도 않고 그걸 어떻게 아니
―손가락 살짝 누르면 자료가 쫑쫑 나타나니까요

어머니는 벽 십자가를 향하여 중얼거립니다
요즘 하느님도 만능 자료 저장소에 계시는구나
그래그래 잘 다녀오너라

하느님의 사랑 원칙

그때 그곳의 하느님은 계시지 않습니다
언제 어디서나 하느님은
지금 이곳에 사랑으로 계시기 때문입니다
하느님 사랑의 육하원칙을 밝혀 둡니다

누가 = 사랑님은
언제 = 지금 바로
어디서 = 여기에서
무엇을 = 큰 사랑을
어떻게 = 더 큰 사랑으로
왜 = 흘러넘치는 사랑 때문에

저승길 강변에서

몸통을 빠져나와 저승길을 걷습니다
바다 같은 큰 강이 보이는데
저승사자가 나루터로 인도합니다
목선 범선 잠수함 군함 등 많은 배가 보입니다
수상비행기와 로켓이 보여 가까이 걸어가니
새 붉은 날개의 선녀들이 가로막습니다
금괴 돈 보석 몽땅 주겠다고 말하자, 절레절레
임금 옷을 입고 오겠다는데도, 절레절레
오직 순교자만이 탈 수 있다는 말을 듣고
온몸 뜨겁게 무너집니다

뒤돌아 일어나서 눈을 번쩍 떠 보니
9월의 커다란 달력 안에
수많은 십자 깃발이 빛나고 있습니다

사막으로 가시는 하느님

하느님께서, 처음 그전에, "빛이 생겨라" 하시니
찬란한 빛살이 암흑을 찢으면서 끝없이 달립니다

요즘 사람은 "불 켜" 한 마디 던지면
번쩍 전등불이 환하게 빛납니다
한술 더 떠서
어린아이가 거실의 샹들리에를 보며 윙크하니까
고운 멜로디 따라 수많은 전구가 반짝거립니다

하느님께서 슬며시 마을 밖으로 나가십니다
전능全能을 도둑맞은 듯한 쓰린 걸음으로
멀리 사막을 바라보며 홀로 걸어갑니다

유서 적는 피정

마지막으로 남기는 말들이 울대를 누르지만
유서 피정에서 세 노인의 글만 소개합니다

—70대 근엄한 할아버지—
나이 60되기 훨씬 그전에
'자연은 곧 하느님이시다'라는 진실을
호흡으로 꼭 믿기 바라고 반드시 느끼기 바란다

—경상도 육순 할머니—
'신앙은 기도로 자라고, 덕행은 겸손으로 깊어진다'
아침 기도 끝에 꼭 중얼중얼거려야 한다이
매일 아침 하늘에서 내가 빤이 내려다볼끼다

—구부정한 80대 노인—
못난 아비가 오만한 혈기로 잘못을 저지르는 순간에도
'하느님께서는 잠시라도 나를 떠나지 않으셨구나'
하는 진실을 꽤 늦게서야 깨닫고 뜨겁게 울었던 일이 있었다
그분은 최악의 순간에도 어김없이 너 안에 계심을 믿어야 한다

주님, 당신 법령의 길을 저에게 가르치소서.
제가 이를 끝까지 따르오리다. (시편 119:33)

어느 상갓집 이야기

화장火葬이냐 토장土葬이냐
구교우 어른들이 관습과 시류를 두고
초저녁부터 진지하게 의논하였습니다
자정 무렵 화장터로 의견이 기울 때
중학생인 손주의 말 한마디가
상갓집을 온통 웃음으로 가득 채웠습니다

"연옥 불을 미리 예습하니까, 화장이 좋아요"

작은할아버지께서, 이놈, 크게 야단쳤지만
킥킥대는 웃음은 구석구석 소리를 낮췄습니다
구순을 훌쩍 넘긴 호상好喪이어서
그날 밤
어린 손주는 벌을 면했다고 합니다

선물도 준비 못 했는데

! 신은 죽었다
! 신은 존재하지 않는다
! 신은 심신 약한 사람들이 만들었다
! 신은 존재하든 안 하든 나와 상관없다

? 누가 하느님을 무시하도록 잠자코 있었는지
? 누가 하느님을 제대로 가르치지 못하였는지
? 누가 하느님을 보여주지 못하였는지
? 누가 하느님을 죽이도록 만들었는지

—바람이 지나가며 제 모자를 연거푸 집적거립니다
—죽은 나뭇가지가 부러지면서 제 발등을 내리칩니다
—눈송이가 양 볼을 만지며 겸손을 일러줍니다
—별들이 '진보라 눈물'을 선물하라고 손짓합니다

웅변 같았던 불망의 강의

우리가 함께 사는 지구에서
가장 위대한 종합예술은 무엇입니까
—오페라 사계절 베토벤 불꽃축제 곡예단
—가을 단풍 길 아니면 북극 오로라
—교수님은 뭐라고 생각하는데요
'종교'라고 생각합니다
—에이, 뚱딴지같이 종교라니요
—눈꼽만한 감동도 없는 종교를, 밥맛없시…

'감동의 샘이 되어야 하는 종교인데도
그렇지 못하여 여러분에게 떠넘기는 숙제입니다'
라고 말하려다 묵묵히 강의를 끝낸 일이 있었습니다
"소금이 짠맛을 잃으면 무엇으로 그 맛을 내겠느냐?"[*]
'종교가 감동을 잃으면 어디서 그 감동을 찾겠습니까?'
그날, 복도로 연구실로 허공으로 외길로 천공으로 걸었습니다

* 마르코 복음서 9:50

새로운 노아 방주는

'세상에 사람을 만드신 것을
후회하시며 마음 아파하셨다.' (창세기 6:6)

노아 홍수 전, 세상의 소란 법석을 내려다보시는
하느님께서 하신 이 말씀이, 곧장 이즈음
어찌 생뚱맞은 다른 말로 들리는지 스스로 놀랍니다

'구세주로 세상에 오신 예수님께서
교회를 세우신 것을 후회하시며 마음 아파하십니다'

세상이 종교를 심히 걱정하는 이 시대에
최첨단 과학 소용돌이 위의 새로운 방주方舟는
아니면 길이가 십 리나 되는 엄청 큰 비행선은
누가 어떻게 만들어야 하는지 그리고
거기에 어떤 인간들이 탑승해야 하는지…

높은 종탑 위로 치솟으며 달려가는
불바람 소리만 사면팔방으로 퍼져 나갑니다

령시인의 시간 여행

'유다인의 임금 나자렛 사람 예수' 현판을 들고—해골산으로 올라가는 로마 총독의 군사가—십자가 뒤를 따라 오르다가—성모님을 보고 그윽이 놀랍니다—저 고통—저 기품 그리고 어떤 암시 같은 신비감—저분이 사형 죄수의 어머니라니—놀라는 그 순간—사형 죄수가 어머니를 만납니다—어머니께 보여드리는 고통의 천둥—심한 경련을 억누릅니다—십자가를 다시 힘껏 잡는 죄수는—하나 둘 셋 넷째 걸음 째—다리가 꺾여 휘청—무릎 걸음으로 십자가를 끌고 갑니다—그 순간—현판 군사는 다급하게—옆에 보이는 건장한 남자의 멱살을 잡고—십자가를 그의 어깨에 올려주며—자기도 한 손으로나마 십자가를 듭니다—

키레네 사람 시몬에게 십자가를 넘긴 그 현판 군사가
다시 죄수의 어머니를 바라봅니다. 그때
성모님의 눈동자에서 비쳐오는 하늘나라를 응시하며
가슴 뜨겁게 현판을 끄응 껴안습니다
십자가는 하늘과 땅을 이어주는 천로天路임을
어렴풋이 깨닫고 솟구치는 열불로 휘청거립니다

삭발소에 갈까 이발소에 갈까

머지않아, 이발소와 미용실이
삭발소 또는 새 머리 치장소로 변경되겠지요

뇌 구조와 뇌 활동을 극대화시키면서
더더욱 건강하고 즐겁게 살 수 있는 인공 두피를
유행 따라 고를 수 있는 즐거움도 있겠지요

본래 머리카락을 3밀리로 다듬어,
가족이나 친구끼리 뇌파를 주고받는 단추가 30개
뇌 작용을 활성화시키는 단추가 50개
회사를 연결하는 여러 단추가 붙어있는 두피를
그리고 그 두피에 인공 머리카락을 원하는 색으로
치장하는 시대가 오면 새로운 미모에 흥분하겠지요

하느님을 생각하는 단추도 하나 붙어있는데
그때, 자주 안 하던 기도를 하려고 애쓸 경우
뇌파가 성가처럼 진동하면 다행이지만
다른 뇌 작용에 방해가 된다면
종교의 가치가 무섭게 추락하겠지요

지금부터 경치가 매우 좋은 곳에
최고의 삭발소를 설계하는 사람도 있겠지요

덧거리 글

2018. 6. nilsum

덧거리 글 하나

넉줄시를 만들고 싶을 때가 자주 있습니다
두 줄 또는 넉 줄 시를 볼 때, 많이 부러웠지만
정말 짓기 어렵다는 것을 알았습니다

넉줄시가 감동을 주어야 하는데
큰 맘 먹고 마음을 꾹꾹 눌러가며 몇 편 짓다 보니
쉰 편 정도 되어 이 책에 모아보았습니다

넉줄시를 쓰면서
가장 숭고하고, 가장 간략한 명시 7편은
십자가에 못 박힌 예수님의 성시聖詩임을 느낍니다
가상칠언架上七言, Seven Words from the Cross으로
예수님께서 십자가에 매달려 남긴 일곱 말씀입니다
모든 말씀이 놀랍고 거룩하지만,
그중에 요한복음서 19장 28절 '목마르다'라는 말씀은,
넓고 깊은 의미를 가진, 최고의 한 단어
최상의 詩 한 편이라고 생각됩니다

지구는 하느님이 만드셨고
가장 아끼는 행성인데
사람들이
하느님의 귀중한 물건을 망가뜨리고 있습니다
여간 예삿일이 아닙니다

어디 가든 쓰레기가 널려있습니다
산에도 바다에도 골목에도 그리고
우주 공간에도 쓰레기들이 가득합니다

돌고래 입에
플라스틱 둥근 테가 걸려
먹지 못해 죽었다는 기사와 사진을 봅니다

환경 파괴의 선두에 있는 정치까나 악덕 기업가들
또는 자기 욕심만 챙기는 사람들을 위하여
어떤 기도문을 만들어야 하는지 곰곰 생각중입니다
'그들을 벌하소서'라는 문구를 넣었다가 빼고
또 넣었다가 지우고…

덧거리 글 **셋**

시력詩歷도 겨우 십년으로, 저는
주류도 모르고 비주류도 아닙니다
어떤 연줄이 없으므로 가뿐하게 지금도
그냥 혼자서 시 공부만 꾸준히 하고 있습니다

'나 홀로' 류 또는 '홀로 있는 나'를 증명하듯,
맑은 詩를 보여주던
시인 이정우 알베르토 신부의 선종도 몰랐고
영남대학교 김기택 총장의 부음도 듣지 못하여,
장례미사에 참석 못 한 송구스러운 마음을 가지고 있습니다

몇 십년간 신문을 도통 안 보고
텔레비전의 뉴스는 가끔 보지만
헤드라인만 보고 예술 채널로 돌립니다
이런 모습이 자랑이나 변명이 될 수는 없지만,
문밖의 세상을 외면하고 목련나무만 바라보았습니다
묵묵부답으로 사는 모습이 알게 모르게
주고받는 시류를 벗어난 듯하여
고추장으로 외로움을 비벼 먹기도 하고
비행기를 쳐다보며 혼자서 중얼거리면
마당의 개들이 저를 멀거니 보다가 고개를 돌립니다

덧거리 글 **넷**

―말에 대한 최단의 논고―

말이 더러워지면
더러운 집구석이 되고
막말을 자주 하고 또 지껄이면
대가리가 소가지로 작아집니다

아주 훌륭하거나 거룩한 말은
'말씀'이며
평범하게 주고받는 말은
'말'입니다
말을 함부로 생각 없이 뱉으면
'소리'이고
말을 아주 더럽게 하면
'쏘가지'이라고 표현합니다

심성을 속되게 표현하면 '소가지'인데
심한 막말을 하면
'쏘가지 뱉는다' 또는
'쏘가지 보인다'라고 표현함이 좋을 듯합니다

―논고 끝―

어느 외국 TV 프로그램에
어미 잃은 아기 코끼리를 키우는 여성 한 분은
밤낮 아기 코끼리랑 놀고 대화하고 보살피는데
잠도 함께 잔다고 하여, 염려했습니다
커다란 덩치를 안아줄 수도 없고 어쩌다
인간 엄마를 눌러 죽이지나 않을까, 걱정입니다

천산갑을 보살피는 마리아라는 여성은
약용으로 고가에 밀매되는 동물이기 때문에
많은 사람에게 알려 보호해야 한다며 걱정 가득합니다
어찌 저렇게 착한 여자가, 얼굴 인상이
천산갑 닮아 참 신기하다는 생각을 했습니다

앞으로 세월이 흐를수록
집집마다 개들이 많아지리라는 염려도 커집니다
아이 낳아 키우기보다
개를 키우는 사람이 많아지면 어떡하나
그거참
고민해야 하는 일이 아닐는지요

대학에 있을 때 학생들의 취업을 위한
구체적인 방법을 궁리하다가
생각으로만 끝낸 내용이 있습니다

정부의 도움을 받아
이용 빈도가 높은 고속도로변 휴게소를 길게 지어
일정한 간격의 식당을 대학별로 배분합니다
식품 영양학 계열의 학과 학생들이 휴게소 식당을
조리 판매 등 직접 참여하도록 하면서
손님들의 평가도 받는 방법 등등 실습 겸한
직업의식으로 참여 활동하는 기회를 줍니다

이 계획을 말하지 않았던 이유는
정치까들 재력가들 각계각층 공무원들이
얼마나 자주 들락거릴까 생각해보니
너무 골치 아파서 못할 것 같았습니다

덧거리 글 **일곱**

초등학생 때는
미국 사람이나 서양 사람은 위대하고 여겼습니다
중학교 고등학교 다닐 때도
주위 사람들이 서양의 놀라운 발전과 기술
유명한 사람들을 열거하면서 부러워했습니다

대학에서 들은 이야기들과 역사 서적의 영향으로
유럽의 여러 나라가 몽땅 도둑놈들이고
후진국을 지배하면서 보물을 강탈한 사실을 알았습니다

한국 사람이 교종이 되면 제가 정중히 편지를 올려
바티칸에 있는 수많은 유물을
본래의 주인인 나라나 민족에게 돌려주는 것이
하느님의 뜻이라고 생각되기에
천주교가 모범으로 '문화재는 본 고장으로'라는
현수막을 베드로 대성전 대문에 붙이시기를
간청하려고 합니다

환자가 많아서 침술을 기다리는 시간,
누워서 엉뚱한 공상을 합니다
엄청 많은 돈이 있으면 남해안 큰 섬에
세계 최대 최고 최선의 병원을 설립합니다
양방과 한방을 함께 진행하는 의술 또는
양방으로 시작하여 한방으로 치료하는
그 반대로 한방 시술을 시작하여 양방으로 끝내는
최첨단 장비와 최고의 서비스로 운영하는 병원을 세웁니다

세상이 놀라는 첫째 이유는
모든 의사가 서양 의술의 의사 면허증을 취득한 다음
즉시 한의사 면허증을 위한 공부를 반드시 해야만
즉 두 개의 의사 면허증을 가진 의사만을 모시는 병원으로
제약회사 농장 도서관 박물관 약초재배농원 해수욕장 등등
정신건강에 크게 도움이 되는 모든 시설을 마련하는
엄청 깨끗한 병원을 설립하면 어떨까, 혼자 공상합니다

그러면 지루하지 않게 치료를 마칠 수 있습니다

하느님께서 요즈음 왕따당하시는 이유는
지금 우리 사회가 신의 존재를
크게 중요하지 않게 여기기 때문입니다
또 다른 이유는 신자들이 점점 줄어들기 때문입니다
가장 기본적인 이유는
종교 지도자(성직자)들의 거만함이라고 생각합니다

두 달 전, 나이 60 넘은 오촌 조카로부터
참 슬픈 말을 들었습니다
자기 성당에 본당신부가 새로 부임해 왔는데
본당신부가 바뀌기 전에
매 주일 미사 참석 신자가 1400명이었답니다
그런데, 신자를 잘 만나지 않는 신부가 온 지 1년 만에
주일미사 신자 수가 600명으로 크게 줄어
냉담하거나 다른 성당으로 간다는 말을 했습니다

거만한 사람을 좋아하는 사람은
지구라는 이 행성에는 한 분이라도 없습니다

그러나 종교가 없어지지는 않습니다
겸손한 성직자가 아주 조금이라도 있으므로
하느님께서는 그 겸손을 꼭 붙잡고 계시기 때문입니다

흙바닥 넉줄시

초판 1쇄 발행 | 2019년 7월 16일

지은이 | 박춘식
펴낸이 | 이재호
펴낸곳 | 리북

등 록 | 1995년 12월 21일 제406-1995-000144호
주 소 | 경기도 파주시 광인사길 17, B동 4층(문발동)
전 화 | 031-955-6435
팩 스 | 031-955-6437
홈페이지 | www.leebook.com

정 가 | 10,000원

ISBN | 978-89-97496-57-0